The First Tortilla

Rudolfo Anaya

ILLUSTRATED BY

Amy Córdova

TRANSLATED INTO SPANISH BY

ENRIQUE R. LAMADRID

A BILINGUAL
STORY

UNIVERSITY

OF

NEW MEXICO

PRESS

ALBUQUERQUE

13   12   11   10   09   08   07   1   2   3   4   5   6   7

Library of Congress Cataloging-in-Publication Data

Anaya, Rudolfo A.

The first tortilla : a bilingual story / Rudolfo Anaya ; illustrations by Amy Córdova ; Spanish translation by Enrique R. Lamadrid.

p. cm.

Summary: Guided by a blue hummingbird, Jade brings an offering to the Mountain Spirit

who lives near her village in Mexico, and asks if he will send rain to end the drought that threatens

the people. Includes information about the legend on which this story is based and facts about corn.

ISBN 978-0-8263-4214-0 (cloth : alk. paper)

[1. Droughts—Fiction. 2. Spirits—Fiction. 3. Corn—Fiction. 4. Courage—Fiction.

5. Hummingbirds—Fiction. 6. Mexico—History—Fiction. 7. Spanish language materials—Bilingual.]

I. Lamadrid, Enrique R. II. Córdova, Amy, ill. III. Title.

PZ73.A4959 2007

[Fic]—dc22

2006102226

Printed and bound in China by Toppan Printing Co.

Design and composition by Melissa Tandysh

For my mother, Rafaelita Mares Anaya,
who baked the best tortillas in the world.

—Rudolfo Anaya

For Dan Enger, the alma de mi alma,
and "Grampo," Unica, and Onesimo,
the small wonders of my world.

—Amy Córdova

Jade opened her eyes and
yawned. She knew she
had slept late because
the sun had already risen.

Jade abrió los ojos con
un bostezo. Sabía que había
dormido demasiado porque
el sol ya había salido.

"Time to awaken, precious Jade,"
her mother whispered. She was crushing
dry chile pods in a metate.

"Time to greet the sun," her father said.
He was weaving a basket. Each day Jade's
parents went to the village market to sell
their colorful baskets.

Jade jumped out of the hammock and
greeted her parents. After breakfast she
hurried outside to water the garden.

"Es hora de despertar, Jade preciosa,"
su madre le insistió en voz baja. Ella estaba
moliendo unos chiles secos en un metate.

"Es hora de saludar al sol," su padre le
dijo. Estaba tejiendo una canasta. Cada día
los padres de Jade iban al mercado para
vender sus canastas coloridas.

Jade brincó de su hamaca y saludó a sus
padres. Después del desayuno, salió apurada
para regar el jardín.

A huge volcano towered over Jade's village. On the peak of the mountain lived the Mountain Spirit. When the Mountain Spirit spoke, the earth rumbled and smoke filled the sky. Sometimes burning lava poured down the mountainside.

Jade said a prayer. "Mountain Spirit, send us rain. Our bean and squash plants are dying."

She picked up a clay pot and walked to the lake. Jade greeted the other village girls who were also collecting water. The once beautiful lake was almost dry. She filled the pot and returned to the garden. As she worked a lovely blue hummingbird flew in front of her.

Un gran volcán se levantaba como una torre sobre el pueblo de Jade. En la cima de la montaña vivía el Espíritu del Monte. Cuando el Espíritu del Monte hablaba, la tierra temblaba y el cielo se llenaba de humo. A veces la lava ardiente fluía bajando la ladera.

Jade ofreció una oración. "Espíritu del Monte, mándanos la lluvia, nuestras matas de frijol y calabacita están muriéndose."

Recogió una olla de barro y caminó hasta la laguna. Jade saludó a las otras muchachas del pueblo que también iban por agua. La hermosa laguna estaba casi seca. Llenó la olla y volvió al jardín. Mientras trabajaba, un hermoso colibrí azul voló frente a ella.

"You must go to the Mountain Spirit and ask for rain," the hummingbird whispered. "And you must take a gift."

Her father had told her the small birds brought messages from the Mountain Spirit. Jade knew she must listen.

"The path is very dangerous," she said.

"I will guide you," the hummingbird replied.

"Tienes que visitar al Espíritu del Monte para pedirle la lluvia," murmuró el colibrí. "Y tienes que llevarle un regalo."

Su papá le había dicho que los pajaritos traían mensajes del Espíritu del Monte. Jade sabía que tenía que escucharlo.

"La vereda es muy peligrosa," dijo ella.

"Yo te guiaré," le dijo el colibrí.

Jade ran back into the hut.

"What is it, my daughter?" her mother asked.

Jade told her parents what had happened.

Her mother smiled and said, "A blue hummingbird flew over your crib when you were born. It was a special sign."

"Why don't the rains come?" Jade asked her father.

"Years ago we had rain and good harvests, but the people forgot to thank the Mountain Spirit. We did not take gifts to the mountain. Now it is angry, and there is no rain."

"I can take a gift of food," Jade said.

Her father shook his head. "A girl cannot climb the mountain. You will fall from the cliffs like a bird without wings."

"Our gardens are dying," her mother said. "Soon we must leave our home in search of food. That will be the end of our way of life."

Jade volvió al jacal corriendo.

"¿Qué te pasa, mi hija?" su mamá le preguntó.

Jade les dijo lo que había pasado.

Su mamá se sonrió y le dijo, "Un colibrí azul voló sobre tu camita cuando naciste. Fue una seña especial."

"¿Por qué no llegan las lluvias?" le preguntó Jade a su papá.

"Hace años teníamos lluvia y buenas cosechas, pero a la gente se le olvidó darle las gracias al Espíritu del Monte. Dejamos de llevarle regalos a la montaña. Ahora está enojado y no hay lluvia."

"Yo puedo llevarle comida de regalo," dijo Jade.

Su papá meneó la cabeza. "Una muchacha no puede subir la montaña. Te caerás de los acantilados como un pájaro sin alas."

"Se mueren nuestros jardines," su mamá le dijo. "Pronto tendremos que dejar nuestro hogar en busca de comida. Será el final de nuestro modo de vivir."

Jade grew sad. She knew the people did not want to leave their village. They had lived at the foot of the volcano for many generations. This had been the home of their ancestors.

When her parents were gone to market, Jade walked in the garden, wondering what she could do to help her village.

The blue hummingbird appeared again.

"The Mountain Spirit will listen to you," the hummingbird whispered.

"Can I do it?" Jade asked.

Her father had said that she might fall from the cliff like a bird without wings. But if she didn't go the entire village would suffer.

"Yes, I will go," she decided.

She warmed a bowl of beans and squash and sprinkled chile powder on the food.

"I hope this pleases the Mountain Spirit," she said.

Jade se entristeció. Sabía que la gente no quería salir de su pueblo. Habían vivido al pie del volcán por muchas generaciones. Este había sido el hogar de sus antepasados.

Cuando sus padres habían salido al mercado, Jade se puso a caminar por el jardín pensando en lo que podría hacer para ayudar a su pueblo.

El colibrí azul apareció otra vez.

"El Espíritu del Monte te escuchará," murmuró el colibrí.

"¿Podré hacerlo?" preguntó Jade.

Su papá le había dicho que se podía caer del acantilado como un pájaro sin alas. Pero si no se iba, el pueblo entero sufriría.

"Bueno, iré," decidió ella.

Calentó un plato de frijoles y calabacitas y echó un poco de chile molido en la comida.

"Espero complacer al Espíritu del Monte," dijo ella.

She gathered a rebozo around her shoulders and followed the hummingbird up the narrow path. Suddenly the mountain shook and boulders came crashing down.

"This way!" the hummingbird cried.

Jade jumped aside, and the boulders missed her.

Finally they arrived at the home of the Mountain Spirit, where butterflies danced among a rainbow of flowers. A waterfall cascaded into a clear, blue lake.

Se puso un rebozo sobre los hombros y siguió al colibrí por la vereda angosta. De repente, la montaña tembló y se despeñaron unas enormes rocas.

"¡Por aquí!" exclamó el colibrí.

Jade brincó hacia un lado y las piedras no le tocaron.

Finalmente llegaron a la casa del Espíritu del Monte. Las mariposas bailaban dentro de un arcoiris de flores. Una cascada de agua caía en una clara laguna azul.

"Why have you come?" the Mountain Spirit asked. Thunder and smoke filled the sky.

"I came to ask for rain," Jade replied. "Without rain our plants will die and we will starve."

"Your people no longer honor me!" the Mountain Spirit said.

"I have not forgotten you," Jade answered. "I brought you a gift."

She uncovered the bowl of beans and squash. A pleasant aroma filled the air.

The Mountain Spirit was pleased.

"You are a brave girl. I will send rain. And I will give you a gift. You may have the food the ants store in the cave."

Jade looked at the ants scurrying on the ground.

"The ants carry pebbles," Jade said.

"Look closely," the Mountain Spirit whispered.

"¿Por qué has venido?" pregunto el Espíritu del Monte. Los truenos y el humo llenaron el cielo.

"Vine a pedirle la lluvia," contestó Jade. "Sin la lluvia, nuestras plantas se marchitarán y moriremos de hambre."

"¡Tu gente ya no me honra!" le dijo el Espíritu del Monte.

"No te he olvidado," contestó Jade. "Te he traído un regalo."

Ella destapó la charola de frijoles y calabacitas. Un sabroso aroma llenó el aire.

El Espíritu del Monte quedó complacido.

"Eres una muchacha valiente. Mandaré la lluvia y te daré un regalo. Podrás tener la comida que guardan las hormigas en la cueva."

Jade miró las hormigas corriendo por el suelo.

"Las hormigas llevan piedritas," dijo Jade.

"Mira de más cerca," murmuró el Espíritu del Monte.

Jade fell on her knees.

"What are you carrying?" she asked the ants.

"This is corn," one ant replied.

"Taste it," another ant said, offering a kernel.

Jade chewed the corn. "Oh, what a sweet flavor!" she cried. "Where does it come from?"

"It grows here on Corn Mountain. We gather the grains and store them in a cave. Come with us."

Jade followed the ants into the cavern. On the floor she found piles of corn.

"Corn is a gift from the Mountain Spirit," the ant said. "Take all you want."

Jade se hincó.

"¿Qué es lo que llevan?" les preguntó a las hormigas.

"Esto es maíz," respondió una hormiga.

"Pruébalo," dijo otra hormiga, ofreciéndole un granito.

Jade saboreó el maíz. "¡Oh, qué sabor más dulce!" exclamó. "¿De dónde viene?"

"Crece aquí en la Montaña del Maíz. Recogemos los granos y los guardamos en una cueva. Ven con nosotros."

Jade siguió a las hormigas a la caverna. En el suelo encontró pilas de maíz.

"El maíz es un regalo del Espíritu del Monte," le dijo la hormiga. "Llévate cuanto quieras."

Jade gathered the corn in her rebozo. She thanked the Mountain Spirit. She thanked the hummingbird for guiding her. And she thanked the ants for sharing their corn.

Then she carefully made her way down the mountain with her prize. Her parents had returned from the market. Jade entered her home and spilled the corn on the floor.

"What is this?" her father asked.

"Corn!" Jade cried. "The Mountain Spirit gave it to me. Here, taste it!"

Her father chewed a few dry kernels, and the corn softened with each bite. It was sweet and tasty.

"Good," said her father. "But hard to chew."

"I will boil the corn in a clay pot," said her mother. "It will make pozol."

When the pozol was ready, Jade's father tasted it.

"Wonderful!" he exclaimed. "We must thank the Mountain Spirit for this food."

Jade recogió el maíz en su rebozo. Agradeció al Espíritu del Monte. Agradeció al colibrí por ser su guía. Y también les dio las gracias a las hormigas por haber compartido su maíz.

Entonces bajó cuidadosamente por la montaña con su premio. Sus padres habían regresado del mercado. Jade entró a su casa y dejó caer todo el maíz en el suelo.

"¿Qué es esto?" preguntó su padre.

"¡Es maíz!" exclamó Jade. "El Espíritu del Monte me lo dio a mí. ¡Ten, pruébalo!"

Su padre masticó unos granos secos y el maíz se ablandecía con cada mordida. Era muy dulce y sabroso.

"Bueno," dijo el papá. "Pero difícil de masticar."

"Herviré el maíz en una olla de barro," dijo mamá. "Así se hará el pozol."

Cuando el pozol estaba listo el papá de Jade lo probó.

"¡Increíble!" exclamó. "Debemos agradecerle al Espíritu del Monte por esta comida."

They scattered kernels of corn in their garden and said a prayer of thanks.

That afternoon clouds gathered on the mountain peak. Soon a gentle rain fell. Later in the season corn plants pushed through the earth.

The corn tassels blossomed. Soon tender ears of corn appeared on the stalks.

"Elotes," Jade said as she picked the corn. That evening they ate corn, beans, and squash flavored with red chile.

When the corn was dry Jade placed some kernels in a metate and crushed them with a mano. She sprinkled water on the corn meal.

The gruel was thick, like dough.

"Masa," Jade said. She patted the masa back and forth in her palms until it was flat and round. Then she placed it on a hot stone near the fire.

While they were eating they smelled the masa cooking on the hot stone.

Desparramaron los granos de maíz en su jardín y ofrecieron una oración de gracias.

Esa tarde, se juntaron las nubes por el pico de la montaña. Después caía una leve lluvia. Más tarde en la temporada, brotaron matitas de maíz del suelo.

Los jilotes del maíz florecieron. Pronto aparecían las mazorcas en los tallos.

"Elotes," dijo Jade mientra recogía el maíz. Esa tarde comieron maíz, frijoles y calabacitas sazonados con chile colorado.

Cuando el maíz se secó, Jade puso algunos granos en un metate y los molió con una mano. Roció agua en la harina de maíz.

El atole se hizo espeso, como la masa.

"Masa," dijo Jade. Ella amasó la masa en sus manos varias veces hasta que quedó plana y redonda. Luego la puso sobre una piedra caliente que estaba cerca del fuego.

Mientras comían, olían la masa cocinándose en la piedra caliente.

"What is that sweet aroma?" asked her father.

"The masa!" Jade cried.

There on the hot stone lay the freshly baked bread. She picked it up and offered it to her parents.

Her father ate a piece. "Hum, very good!"

"Delicious!" her mother exclaimed. "What shall we call this bread?"

Jade thought a while. "I'll call it a tortilla."

"I am proud of you," her father said.

"We must share this with our neighbors," her mother added.

"¿Qué aroma tan dulce es ese?" preguntó su papá.

"¡La masa!" gritó Jade.

Allí sobre la piedra caliente estaba el pan recién cocido. Lo recogió y lo ofreció a sus padres.

Su papá se comió un pedazo. "¡Um, muy rico!"

"¡Delicioso!" su mamá exclamó. "¿Cómo debemos llamarle a este pan?"

Jade pensó por un rato. "Yo le llamaré tortilla."

"Estoy muy orgulloso de ti," dijo su papá.

"Debemos compartir esto con nuestros vecinos," añadió su mamá.

In the following days Jade went from home to home, teaching the women how to make tortillas.

The corn plants grew. Corn tortillas became the favorite food of the people. Now the villagers did not have to leave their home.

During the harvest fiesta the people held a ceremony to thank the Mountain Spirit for giving them corn. They also thanked Jade, the girl who had baked the first tortilla.

Los próximos días, Jade fue de casa en casa, enseñándoles a las mujeres a hacer tortillas.

Las plantas de maíz crecieron. Las tortillas de maíz se convirtieron en la comida favorita de la gente. La gente del pueblo ya no tenía que abandonar sus hogares.

Durante la fiesta de la cosecha, la gente realizó una ceremonia para agradecerle al Espíritu del Monte por haberles dado de comer. También le agradecieron a Jade, la muchacha que hizo la primera tortilla.

Glossary

jade   a precious stone in ancient Mexico
rebozo   a shawl worn by Mexican women
pozol   or posole, a corn and meat stew
elote   *elotl*, an ancient Mexican word for ear of corn
metate   concave rock where corn is ground
mano   smooth rock with which to grind corn
masa   dough
tortilla   traditional Mexican bread

Glosario

jade   piedra preciosa del antiguo Mexico
rebozo   chal llevado por las mujeres mexicanas
pozol   o posole, guisado de maíz y carne
elote   *elotl*, antigua palabra mexicana para designar la mazorca de maíz
metate   piedra hueca donde se muele el maíz
mano   piedra lisa con la que se muele el maíz
masa   la sustancia del pan
tortilla   pan tradicional de México

Author's Note •

An ancient Mexican legend tells us that one of the Aztec gods turned himself into a black ant and entered the cave where ants had stored corn. He delivered the grain to the Mexicans, and this became their most important food.

I used part of that legend to write Jade's story. It is her courage and discovery that brings corn to the people.

The cultivation of corn made it possible for the great civilizations of Mesoamerica to flourish. The use of corn quickly spread throughout the Americas, becoming the staple food for many Native American communities. Corn, beans, and squash flavored with chile are still a traditional food today.

Nota Del Autor •

Una de las antiguas leyendas mexicanas nos cuenta que uno de los dioses aztecas se convirtió en una hormiga negra y entró en la cueva donde las hormigas habían almacenado el maíz. Él tomó el grano de las hormigas para entregárselo a los mexicanos, y pronto se hizo la comida más importante.

Yo usé una parte de esa leyenda para escribir el cuento de Jade. Es su valentía y curiosidad lo que les otorga el maíz a la gente.

El cultivo del maíz hizo posible el florecimiento de las grandes civilizaciones de Mesoamérica. El uso del maíz rápidamente se extendió por todas las Américas y se convirtió en la comida principal para muchas comunidades nativas americanas. El maíz, los frijoles y las calabacitas sazonados con chile todavía son un plato tradicional, aún en estos días.

Jade's tribe had their own word to describe the round, thin bread made from corn. Tortilla is a Spanish word. I used the Spanish word in Jade's story, but many words from ancient Mexico are in our vocabulary.

Mexican food is gaining in popularity around the world. Corn is used to make all sorts of tasty dishes. The discovery of corn was a miracle. It was a gift to the world. How many products made from corn can you name?

The next time you eat a tortilla I hope you appreciate the gift of corn and remember the girl who made the first tortilla.

La tribu de Jade tenía su propia palabra para designar el delgado y redondo pan hecho del maíz. Tortilla es una palabra española. Usé la palabra española en el cuento sobre Jade. Pero muchas otras palabras antiguas mexicanas todavía son parte de nuestro vocabulario.

La comida mexicana está ganando popularidad en todo el mundo. Se usa el maíz para preparar muchos tipos de platos sabrosos. El descubrimiento del maíz fue un milagro. Fue un regalo al mundo. ¿Cuántos productos hechos de maíz puedes nombrar?

La próxima vez que te comas una tortilla espero que aprecies el maíz y recuerdes la memoria de la muchacha que hizo la primera tortilla.